CAM
a de la visite

par
Jacques Duquennoy

Les p'tits Martiens
ont traversé la galaxie
pour faire un petit coucou
à Camille.

Mais...
Camille dort encore.

Alors ils commencent la visite de sa maison.

Mais...
les p'tits Martiens
sont toujours
aussi gourmands :

alors ils goûtent
à tout,

tout,

tout,

absolument tout!

Camille se réveille.

— Aaah,
j'ai bien dormi, moi !

Je vais me préparer
un bon bol
de chocolat.

— Chocolat ?

— Ah, mes amis les p'tits Martiens, c'est gentil d'être venus !

Mais il ne fallait pas me rapporter le drapeau !

Il faut le remporter sur la planète Mars !

À bientôt,
mes petits amis !

– A-mis ?
Cho-co-lat !
Goû-ter !
Hi, hi, hi...

collection CAMILLE

 va à la pêche
 fait des crêpes
 fait de l'aéroplane
 tombe en panne
 est en vacances

 fait trop peur
 pense au Père Noël
 tourne, tourne, tourne
 peint tout partout
 a un bébé

 parle aux coccinelles
 apprend à écrire
 a des belles bottes
 va sur Mars
 a une puce

 a trois chipies
 escalade l'Himalaya
 fait du hockey
 pêche en Alaska
 teste les toboggans

 a une ancêtre
 a de la visite
 a un petit matelot

4 € ISBN : 2-226-17025-1

9 782226 170255